똑똑해지는 머리빗의 전설

책 읽는 교실 25

똑똑해지는 머리빗의 전설

초판 1쇄 발행 • 2024년 11월 30일

글 • 장혜영
그림 • 박현주

펴낸곳 • 보랏빛소
펴낸이 • 김철원
책임편집 • 김이슬
디자인 • 진선미
마케팅·홍보 • 이운섭

출판신고 • 2014년 11월 26일 제2015-000327호
주소 • 서울특별시 마포구 양화로1길 29 2층
대표전화·팩시밀리 • 070-8668-8802 (F)02-323-8803
이메일 • boracow8800@gmail.com

어린이제품 안전특별법에 의한 제품 표시사항
제조자명: 보랏빛소 | 제조국명: 대한민국
제조년월: 2024년 11월 | 사용연령: 8세 이상

＊이 책은 세종특별자치시와 세종시문화회관광재단의 후원으로 발간되었습니다.

똑똑해지는 머리빗의 전설

장혜영 글
박현주 그림

보랏비소 어린이
Borabit Cow

어린 시절, 동네에 한 친구가 있었어요. 같이 놀자고 하면 고개를 저으며 시큰둥한 반응을 보였더랬죠. 혼자서 뒹굴며 놀거나 만화책 보는 걸 좋아하던 아이였어요. 어쩌다 같이 놀 때면, 제가 이야기를 해도 맞장구치지도 않고 무뚝뚝한 표정을 짓곤 했죠. 꼭 이 책의 주인공 민혜처럼 아주 차가웠어요. 저는 그 친구와 점점 멀어지다 결국 헤어지게 됐어요. 친구에게 전혀 관심이 없는 아이랑 노는 건 재미없었거든요.

물론 친구랑도 잘 지내고 공부도 잘하면 최고일 거예요. 그런데 만약 내가 노력도 하지 않고 시험을 잘 본다면, 그래서 친구들이 비법을 물어본다면 어떨까요? 민혜처럼 말을 얼버무리고 당황스러운 표정을 지을 것 같아요. 스스로 당당하지 않기 때문이죠.

우리는 공부를 잘하면 칭찬도 받고 부러운 시선을 받는 환경 속에서 살고 있어요. 시험을 치르고 더 좋은 점수를 얻기 위해서 노력하지요. 그런데 어느 날 민혜처럼 똑똑해지는 머리빗이 생기면 어떨까요? 머리만 쓱쓱 빗어도 머리가 맑아지고 수업 내용이 쏙쏙 들어오면요? 아마 무지 신날 거예요. 하지만 평소 민혜는 공부에 관심도

없던 아이였죠. 그런 민혜가 척척 백 점을 맞으니 모두가 놀랐어요. 친구들은 민혜에게 공부 비법을 물어봅니다. 하지만 민혜는 아무런 대답도 할 수가 없었어요. 그러다 친구들의 의심 어린 눈초리를 보고 옳지 못한 행동이란 걸 스스로 깨닫게 돼요.

수업 내용을 듣기만 해도 머리에 쏙쏙 들어오면 얼마나 좋을까요? 빠짐없이 고스란히 기억한다면 참 편할 거예요. 하지만 모든 일에는 원인에 따른 결과가 있지요. 안타깝게도 열심히 한다고 해서 항상 좋은 결과가 나오는 건 아니에요. 하지만 만약 최선을 다했다면, 자신에게도 다른 사람에게도 당당할 수 있을 거예요. 노력한 과정을, 그 행동들을 더 많이 칭찬해 주는 사회가 오면 좋겠습니다.

－노력한 만큼 결실을 맺는 것이 소중하다는 것을 아는 동화작가

장혜영

차례

작가의 말 🍓 4

대를 이어 전해 온 빗 🍓 8

신비한 머리빗의 효능 🍓 19

머리빗이 내 손에 🍓 31

똑똑해지는 머리빗 🍓 40

출발! 수련회 🍓 52

사라진 머리빗 🍓 64

머리빗의 또 다른 비밀 🍓 80

다시 나의 자리로 🍓 92

대를 이어 전해 온 빗

"다음 주에 1박 2일로 수련회 가는 거 다들 알고 있죠?"

선생님 물음에 아이들이 책상을 두들기며 소리를 질러 댔다. 야호! 내 입꼬리도 한껏 올라갔다. 처음 가는 수련회라 무척 설레었다.

선생님이 우리를 둘러보며 말했다.

"자, 조용! 수련회에서 퀴즈왕을 뽑는 대회가 열려요. 퀴즈 대회에 나갈 팀을 뽑기 위해 모둠별 예선 대회를 반마다 먼저 치를 거예요. 모둠은 네 명씩 한 팀이고요. 예선 대회에

8

서 일등을 한 모둠에게는 1학기 급식 우선 쿠폰을 줄 거예요."

"우아!!"

'급식 우선 쿠폰'이라니! 그 말에 아이들 눈이 휘둥그레졌다. 선생님은 아이들이 잠잠해지길 기다렸다가 말을 이었다.

"일등 모둠에서 우리 반 대표를 뽑을 거예요. 대표는 반별 퀴즈 대회에 참가할 거고요, 전체 퀴즈왕이 되면 1년간 급식 우선 쿠폰이 나갑니다. 퀴즈 대회 추천 도서도 틈틈이 읽고 미리 준비하세요."

우리 학교는 급식실 공사를 한다. 그래서 급식 줄이 무척 길고 시간도 오래 걸린다. 그런 상황에서 급식 우선 쿠폰이라니! 아이들 눈이 반짝거렸다. 더구나 퀴즈왕이 되면 1년 내내 급식을 가장 먼저 먹는다!

딩동댕동댕 딩동댕동댕.

쉬는 시간, 화장실에서 나오는데 수아와 윤지가 과학실로 가는 모퉁이에서 있었다. 진지한 표정으로 무슨 이야기를 나누고 있었다. 반가운 마음에 달려가다가 갑자기 들려오는 내 이름에 순간 멈칫댔다.

"누구랑 같은 모둠이 될까? 친한 애들끼리 같이 하면 더 재밌을 텐데."

"이런 말하면 좀 그렇지만, 민혜는 별

로. 공부에 관심이 없잖아. 아마 퀴즈 대회에 나가면 하나도 못 맞힐걸? 걔랑 같은 모둠 되면 절대 안 돼. 그럼 우린 완전 망한다고!"

"……."

"내 말이 틀려? 너도 그렇게 생각하잖아?"

"그렇긴 하지……."

수아 말에 고개를 끄덕이는 윤지 뒷모습이 보였다. 둘이 내 흉을 보다니. 윤지랑은 원래 친했지만 수아랑은 친해진 지 얼마 되지 않았다. 그래도 이럴 줄은 정말 몰랐다. 두 사람을 피해 뒷걸음질 쳐서 교실로 돌아왔다. 속이 상하고 화가 나서 심장이 벌렁거렸다.

2교시, 수학 시간에 단원 평가 시험을 보았다. 선생님이 부르는 답에 맞춰 각자 채점을 했다. 옆에 앉은 박민우가 나를 보며 낄낄거렸다.

"이민혜, 너 다 틀렸다? 히히."

"뭘 다 틀려? 맞은 것도 있거든!"

"겨우 두 개? 그것도 점수냐? 큭큭."

민우 말에 얼굴이 와락 구겨졌다. 예전엔 점수를 갖고 놀려도 한 귀로 흘려 버렸는데 오늘따라 몹시 거슬렸다. 친구들이 내 험담하는 소리를 들은 뒤라서일까. 다른 누군가가 또 내 흉을 볼지도 모른단 생각에 마음이 뒤숭숭했다.

쉬는 시간. 박민우가 내 시험지를 건너편에 앉은 오준영에게 넘겼다.

"야, 오준영! 이민혜 시험지 한번 볼래?"

"이리 내놔!"

내가 소리를 지르자 주변 아이들이 킥킥댔다.

그때 오준영과 눈이 딱 마주쳤다. 오준영이 눈썹을 찌푸리며 나를 쳐다보았다. 너무 창피해 얼굴은 물론 귀밑까지 뜨거워졌다.

오준영은 지난 4월에 전학을 왔다. 얼굴도 잘생긴 데다 공부도 잘해서 나뿐만 아니라 우리 반 여자애들 사이에서 인기가 많다. 오준영한테 못난 모습을 들킨 것 같아 눈물이 핑 돌았다. 그렇다고 우는 모습까지 보이면 더욱 볼썽사나워질 것 같았다. 결국 꾹 참았다. 교실 구석에 처박힌 지우개처럼 아무도 모르는 곳으로 숨고 싶었다.

문득 고개를 돌리다 윤지와 눈이 마주쳤다. 윤지도 나를 비웃는 것 같았다. 고개를 슬쩍 돌렸다.

수업이 끝나고 윤지와 수아가 나를 불렀다.

"민혜야! 같이 가자."

"야, 이민혜!"

나는 못 들은 척하고 터덜터덜 집으로 갔다.

그날 저녁, 퇴근한 엄마가 뾰로통한 나를 보고 걱정스러운 얼굴로 물었다.

"민혜야, 오늘 학교에서 무슨 일 있었니? 표정이 왜 그래?"

"몰라."

내가 뾰족하게 대꾸하자 엄마가 놀란 얼굴로 되물었다.

"우리 딸, 대체 무슨 일이야? 왜 그렇게 얼굴이 잔뜩 부은 건지 얘기해 봐."

엄마 목소리에 걱정이 잔뜩 묻어났다. 나는 조금 망설이다가 민우가 놀린 일을 털어놓았다. 그러다 윤지와 수아가 내 흉을 본 일이 떠올랐다. 나도 모르게 불쑥 엉뚱한 말이 튀어나왔다.

"엄마! 나도 똑똑해지고 싶어. 공부도 잘하고 싶고. 그 빗, 나 주면 안 돼? 할머니 때부터 전해 오는 빗 말이야."

엄마가 눈을 동그랗게 뜨고 나를 쳐다보았다.

"그게 대체 무슨 소리야? 그동안 아이돌에만 관심 있고 공부엔 신경도 안 쓰더니."

"이제부턴 아냐. 나, 정말 빗이 필요해."

"빗은 안 돼."

다정하던 엄마가 순식간에 낯빛을 바꾸고 단호하게 말했다. 움찔 놀라서 몸이 굳어 버렸다. 평소 엄마는 내 부탁을 대부분 들어준다. 그렇지만 한번 안 된다고 할 때는 절대 봐주지 않는다. 하지만 이번만큼은 나도 물러서고 싶지 않았다.

"엄마! 제바알!"

엄마는 간절한 내 부탁에도 아랑곳하지 않고 식탁에서 일어나 안방으로 들어가 버렸다. 나는 땅이 꺼져라 한숨을 내쉬었다.

우리 집에는 가보처럼 전해 오는 빗이 있다. 오래전 할머니가 돌아가시면서 그 빗을 엄마에게 물려주었다. 유치원에 다닐 때 할머니에게 엄청나게 신비한 빗에 대해 들었다. 그 빗에 대한 이야기를 지금도 생생히 기억하고 있다.

외할머니가 나처럼 초등학생이던 어느 날이었다. 시험을 앞두고 어린 할머니는 죽어라 공부를 했다. 외우고 또 외우며 책과 씨름하고 있었다. 옆집에 사는 라이벌 친구를 제치고 꼭 일등을 하겠노라고 다짐하며 공부에 매진하고 있던 때였다. 마침 할머니의 엄마가 산 너머 큰댁에 다녀오라며 심부름을 시켰다. 누워 계신 큰아버지를 위해 산삼 달인 귀한 물을 건네주고 오라는 거였다. 할머니는 작은 병을 품에 안고 산길을 넘었다. 그러다 나무 아래에 쓰러져 있는 할아버지를 만났다. 창백한 게 곧 숨이 넘어갈 것 같은 얼굴이었다. 그때 할아버지가 도와달라며 손을 뻗었다. 할머니는 차마 그 손을 거절할 수가 없었다. 망설이던 끝에 할아버지에게 산삼 달인 물을 먹여 주었다. 그 물을 마시고 할아버지는 조금씩 기운을 차렸다. 그러

더니 소맷자락에서 빗을 꺼내 할머니에게 내밀었다.

"하루에 한 번만 빗어라. 딱 열두 시간만 유효하니 잊지
말고. 욕심부리면 탈이 날 게야."

이 말을 남기고 할아버지는 홀연히 사라졌다.

처음엔 그저 할머니가 지어낸 옛이야기일 뿐이라고 생각했다. 그런데 할머니가 빗 덕분에 일등 기념 선물로 받았다며 비싼 손목시계를 보여 주었을 때는 진짜라고 믿을 수밖에 없었다. 할머니는 그 빗을 엄마에게 물려주었다. 심지어 내가 어릴 때 엄마는 내 앞에서 자연스럽게 머리를 빗고는 했다.

언제부턴가 엄마는 빗 이야기만 꺼내면 얼굴이 굳어 버린다. 왜 쓰지 않느냐고 물으면 알 거 없다고 잘라 말하고는 이내 슬픈 표정을 지었다. 그러더니 어느새 빗을 감추어 버렸다.

내가 다짜고짜 빗을 달라고 하니, 엄마는 당황스러운 모양이다.

사실 우리 엄마는 다른 엄마들과 다르게 공부하라는 잔소리를 한 적이 없다. 공부가 싫은 나는 신나게 놀기만 했다. 그런데 친한 친구들이 나랑 같은 모둠이 되기 싫다고 할 줄이야……. 이게 다 공부를 못해서 그런 것이다. 방법은 하나뿐이다. 지금 나에겐 빗이 간절하다.

신비한 머리빗의 효능

주말 내내, 엄마가 회사 일로 외출을 했다. 그 틈을 타서 집 안 곳곳을 들쑤셨다. 안방에서부터 거실, 서재까지 아무리 뒤 져도 머리빗은 보이지 않았다. 지친 나머지 소파에 벌러덩 누 워 버렸다.

마침 윤지에게 연락이 왔다. 도서관에 가기 전에 잠깐 보 자는 문자였다. 대꾸하기도 싫어서 휴대폰을 엎어 놓았다. 그러자 얼마 후, 그냥 독서 수업 끝나고 수아랑 만나기로 했 다는 문자가 왔다. 실망스러운 내용에 얼굴이 절로 찡그려

19

졌다. 벌떡 몸을 일으켜 세웠다. 이렇게 한가하게 누워 있을
때가 아니었다.

"어서 머리빗을 찾아야 해. 엄마 몰래 한 번만 써 보는 거야!"

외할머니 말이 진짜인지 내 눈으로 직접 확인해 보고 싶었
다. 한 번만 써 보면 답이 바로 나올 테니까.

다시 안방에 들어갔다. 한참 만에 옷장 깊숙한 곳에서 작
은 손가방에 든 머리빗을 찾았다. 대추나무로 만들어졌다는
머리빗은 손바닥에 쏙 들어가는 반달 모양의 얼레빗이었다.
빗의 간격이 촘촘하고 등 쪽에 신비한 용의 모습이 새겨져
있다.

빗을 몰래 들고 내 방에 왔다. 머리를 빗으려는데 밖에서 현관문 열리는 소리가 났다. 엄마가 돌아온 모양이었다. 얼결에 머리빗을 책상 서랍에 밀어 넣었다. 아무 일도 없었던 것처럼 태연하게 거실로 나갔다. 혹시 엄마에게 들킬까 봐 심장이 쿵쿵 뛰었다. 마른침을 꿀꺽 삼켰다.

엄마가 피곤한지 나직하게 말했다.

"저녁 잘 챙겨 먹었지? 오늘은 좀 피곤하네. 민혜 너도 얼른 씻고 일찍 자."

엄마 말에 고개를 끄덕이고는 후다닥 욕실로 달려갔다. 후유! 벌렁대는 가슴을 쓸어내리며 천천히 이를 닦았다. 그런데 엄마가 빨래한 옷을 정리한다며 자꾸 내 방엘 들락거렸다. 다행히 엄마는 머리빗이 없어진 걸 아직 모르는 눈치였다.

침대에 앉아 있는데 연신 하품이 났다. 낮에 온 집 안을 헤집고 다녔더니 몹시 피곤했다. 깜박 졸았는지 엄마가 나를 침대에 눕혀 주었다. 속으로 중얼거리며 쓰러지듯 잠들어 버렸다.

'으음, 머리를 빗어야⋯⋯.'

　월요일 아침, 창문으로 들어온 햇빛
에 방 안이 환했다. 아, 머리빗! 나는 얼른 책상 서
랍에 손을 뻗었다. 혹시라도 엄마가 눈치채기 전에 쓱쓱 머
리를 빗었다. 신비한 용의 기운이 내뿜어진 것처럼 갑자기
머리가 맑아졌다. 정신도 또렷해지는 느낌이었다. 할머니

말이 진짜인 것 같았다.

부엌에서 엄마가 설거지를 하는 동안 머리빗을 몰래 옷장에 가져다 놓았다. 그런 뒤, 아무 일도 없던 것처럼 학교 갈 준비를 마치고 집을 나왔다.

1교시, 국어 수업이 끝날 무렵 선생님이 오늘 배운 내용을 물어보았다.

"사실과 의견에 대해 구별해서 말할 수 있는 사람?"

"저요!"

나는 손을 번쩍 들었다. 선생님이 설명한 내용이 머릿속에 고스란히 떠올랐기 때문이다. 아이들이 놀란 얼굴로 나를 돌아보았다.

"현재에 있는 일이나 실제로 있었던 일을 나타내면 사실이고요. 대상이나 일에 대한 생각이 드러나 있으면 의견이에요. 참고로 같은 사실에 대해서도 사람마다 의견이 다를 수 있어요."

똑 부러진 설명에 반 아이들이 감탄스러운 얼굴로 나를 쳐다보았다. 내가 이렇게 명쾌하게 설명할 줄이야. 짝꿍 박민우도 입을 쩍 벌리며 놀라움을 금치 못했다.

"대박! 이민혜, 오늘 아침에 뭐 잘못 먹었냐? 갑자기 왜 이렇게 똑똑해졌냐?"

"치. 원래 똑똑했거든."

"헐, 말도 안 돼."

박민우가 절레절레 머리를 내저으며 나를 빤히 쳐다보았다. 이번엔 무슨 꼬투리를 잡으려고 그러나. 나는 고개를 휙 돌려 버렸다.

그렇게 오전 내내 수업 시간마다 선생님이 묻는 말에 척척 대답했다. 그러자 쉬는 시간에 아이들이 나를 둘러싸고 질문을 퍼부었다.

"이민혜! 왜 그렇게 똑똑해진 거야? 혹시 머리에 주사 맞은 거 아냐?"

"특별 과외 받은 거야?"

"정말 대단하다, 부러워!"

점심시간에는 윤지가 호들갑을 떨며 나를 칭찬했다. 어깨가 으쓱 올라갔다.

"아까 완전 똑 부러지더라. 우리 셋이 수련회에서 같은 모둠 되면 정말 좋겠다. 우리 모둠이 일등 할지도 모르잖아."

26

"오늘 좀 달라 보이는 건 사실이지만, 어쩌다 한번 똑똑하게 말했다고 너무 오버하는 거 아냐? 단원 평가까지 잘 보면 또 모를까."

쳇, 수아가 찬물을 홱 끼얹었다. 수아 말에 기분 좋은 마음이 도로 얼어 붙었다. '흥! 두고 보라고. 단원 평가도 잘 볼 테니까!' 이 말이 목구멍까지 올라왔다. 하지만 꾹 참고 속으로 이를 갈았다. 자리로 돌아와 앉아 있는데 반 아이들이 떠들어 댔다. 온통 퀴즈 대회 얘기였다. 수아뿐 아니라 우리 반 아이들 대부분이 퀴즈 대회에 열을 올렸다.

마지막 시간엔 수학 단원 평가 시험을 보았다. 조용한 교실에 사각사각 연필 소리만 가득했다. 문제를 풀다가 옆에 앉은 박민우를 힐끗 쳐다보았다. 심각한 얼굴로 문제를 풀고 있었다. 100점을 받으면 엄마가 용돈을 주기로 했다더니 무척 진지해 보였다.

드디어 시험이 끝났다. 짝꿍과 시험지를 바꿔서 채점했다. 박민우는 100점을 맞았다. 근데 두 개만 틀린 내 시험지를 보고 민우가 고개를 갸웃거렸다.

"뭐야? 오늘 진짜 수상한데? 수학을 두 개밖에 안 틀리고.

어젯밤에 죽어라 공부했냐?"

"몰라도 되거든."

아니라고 말하려다 다른 말로 둘러댔다. 아니라고 말하면 오히려 더 이상해질 것 같았다.

수업이 끝나자 윤지가 다가와 속닥거렸다.

"수학 시험도 잘 본 거야?"

"잘 보긴, 두 개나 틀렸는데."

나도 모르게 짜증이 솟구쳤다. 아이들이 내 대답에 의아한 눈길을 보냈다. 별안간 마음이 쌀랑해졌다.

내 표정이 차가웠던지 윤지가 다른 이야길 꺼냈다.

"오준영도 100점 맞았대. 오늘 수학 시험은 진짜 어려웠는데."

순간 튀어나온 오준영 이야기에 가슴이 두근거렸다. 그러다 자기 혼자 100점인 줄 알고 뻐기던 박민우가 떠올랐다. 뭣도 모르고 착각하는 게 어이없었다.

하루 종일 아이들의 관심이 나에게 집중되었다. 몇몇 아이들이 같은 모둠이 되고 싶다며 말을 걸어왔다. 윤지와 수아도 같이 퀴즈 대회에 나가자며 눈을 빛냈다. 나를 빼자며 뒤에서 흉볼 땐 언제고. 그때 느낀 배신감이 떠올라 얼굴이 절로 찌푸려졌다.

　머리빗의 효과가 확실하게 느껴졌다. 엄마한테 빗을 달라고 조르면 들어줄까? 그 생각에 마음이 조급해졌다. 엄마는 빗 이야기만 꺼내면 얼굴이 굳어진다. 치사하게 왜 엄마만 쓰고 나는 못 쓰게 숨기는지 그 이유를 모르겠다.

　학교가 끝나자마자 서둘러 집으로 갔다. 아무 말도 못하고 엄마 눈치만 보다가 저녁이 되었다. 저녁을 먹고 뜻밖에도 엄마가 나를 불렀다.

　"민혜야, 너 혹시 엄마 머리빗 만졌니?"

　제대로 갖다 놓은 것 같은데, 예민한 엄마가 눈치챈 걸까? 솔직하게 말해야 할지 시치미를 떼야 할지 망설여졌다. 엄마가 눈썹을 찌푸리더니 눈을 부릅떴다. 그건 엄마가 몹시 언짢다는 신호였다. 엄마가 팔짱을 끼고 지그시 나를 쳐다보았다.

　"어, 그게……."

　입술을 달싹이며 말끝을 흐렸다. 엄마가 엄한 목소리로 말했다.

"엄마 물건에 함부로 손대지 말라고 했지? 아무리 가족이라도 허락 없이 맘대로 사용하면 안 되는 거야. 다신 그러지 마!"

"엄마! 진짜 빗이 필요하단 말이야! 엄마도 옛날에 머리빗 때문에 공부를 더 잘하게 됐다며? 근데 왜 난 못 쓰게 하는 건데! 나도 정말 빗이 필요하다고!"

마음 깊은 곳에서 화가 올라왔다. 그래서 더욱 바락바락 대들었다. 엄마는 얼어붙은 것처럼 꼼짝도 않고 서 있었다. 씩씩대며 엄마를 노려보다가 몸을 팩 돌려 내 방으로 뛰어들어갔다. 순식간에 차오르는 눈물로 눈앞이 흐릿해졌다. 눈물이 주룩주룩 흘렀다. 나에게 빗을 주지 않는 엄마가 너무 미웠다. 밤새 훌쩍이다 잠이 들었다.

머리빗이 내 손에

아침을 먹는 내내 엄마 표정이 꽁꽁 얼어 있었다. 결국 머리빗 이야기를 꺼내지도 못했다. 머리빗은 하루가 지나면 효력이 사라진다. 그래서 매일 빗어야 하는데……. 별수 없이 그냥 학교에 갔다. 원래 내 모습으로 돌아온 것뿐인데 기분이 착 가라앉았다.

국어 시간, 선생님이 어제 배운 '사실'에 대해 물으며 나를 쳐다보았다. 내게 답해 보라는 것 같았다. 하지만 어제 무엇을 배웠는지 기억이 가물가물했다. 머릿속이 새하얘졌다.

31

아이들이 나를 쳐다보고 있는 탓에 망설이다가 우물우물 말했다.

"사실은요, 속이야기 할 때 맨앞에 쓰는 말 아닌가요?"

엉뚱한 답을 했는지 박민우가 입꼬리를 씰룩거리며 엄지를 치켜세웠다. 나를 응원해 주는 건지 비웃는 건지 헷갈렸다. 고개를 저으며 나쁜 생각을 밀어냈다. 그런데 다른 아이들도 고개를 갸웃거리며 키득거렸다. 하루아침에 도로 멍청해졌다. 얼굴이 달아올랐다.

점심시간에는 공사 중인 급식실 앞에 한참 줄을 섰다. 다리가 아팠다. 잠깐 화장실에 다녀오는데 누군가 쑥덕거리는 소리가 들렸다.

"오준영, 진짜 멋지지 않나?"

그 말에 갑자기 마음이 초조해졌다. 다른 애랑 사귀기 전에 내가 먼저 오준영에게 좋아한다고 고백하고 싶었다.

윤지는 오준영이랑 같은 학원에 다닌다. 서로 연락처도 아는 것 같은데, 물어보는 게 왠지 멋쩍었다.

수업이 끝나고 혼자 문구점에 갔다. 카드와 편지 진열대를 훑어보았다. 문자로 고백하기로 마음먹었지만 아무래도 카

드와 편지지도 사 두면 좋을 것 같았다. 가장 눈에 띄는 편지지를 골라 계산한 다음 가게를 나왔다.

공원에 가서 벤치에 털썩 주저앉았다. 오준영에게 문자를 보내려고 휴대폰을 꺼냈다. 근데 전화번호도 모르고 또 무슨 말을 해야 할지 하나도 떠오르질 않았다. 망설인 끝에, 윤지에게 오준영 번호를 물어보았다. 윤지가 어디냐고 묻더니 공원으로 당장 온다고 했다.

한창 머리를 쥐어짜고 있는데 어느새 윤지가 나타났다.

"오준영한테 고백하려고? 그런데 뭐라고 할 건데?"

"글쎄……."

"뭐라고 할지 모르겠어? 그럼 내가 불러 줄까? 우리 언니들이 연애하는 거 지켜봐서 내가 좀 알잖아. 처음부터 구구절절 네 마음을 적지 말고 우선 간단하게 네 마음을 전하고선 걔 마음도 물어봐."

"아, 그래. 고마워."

나는 가만히 고개를 끄덕였다. 윤지는 언니가 두 명이나 있다. 그래서 언니들에게 들은 연애 이야기며 화장법 같은 것을 곧잘 말해 준다. 나는 윤지가 불러 주는 대로 문자를 보냈다.

여자친구 있니? 없으면 나랑 사귈래? 답장 부탁해. 너를 좋아하는 친구 이민혜가.

문자를 보낸 다음 걱정스러운 얼굴로 물었다.

"오준영이 뭐라고 할까? 혹시 오늘 내 모습 보고 실망한 건 아닐까?"

윤지가 싱긋 웃으며 말했다.

"그걸로 실망하진 않겠지. 어차피 네가 공부 못하는 건 오준영도 이미 알고 있을걸."

"뭐, 뭐라고?"

황당한 얼굴로 윤지를 쳐다보았다. 얼굴이 화르르 달아올랐다. 윤지도 나를 공부 못한다고 무시하는 게 틀림없었다. 정말이지 공부를 못하는 나 자신이 부끄럽고 싫었다. 뾰로통하게 입술을 내민 채 벤치에서 벌떡 일어났다. 윤지가 나를 부르며 쫓아왔지만 냅다 뛰었다. 아파트 상가 쪽으로 달려가다가 문득 뒤돌아보았다. 나랑 반대편으로 걸어가는 윤지 뒷모습이 보였다. 윤지가 끝까지 쫓아와 주길 바랐는데…….

기운이 쑥 빠진 채 집에 돌아왔다. 그런데 아무리 기다려도 오준영에게 답장이 오질 않았다.

답답한 마음에 중얼거렸다.

"치, 내가 싫은 건가?"

반짝이던 비눗방울이 툭 터져 버린 것처럼 마음이 우울해졌다. 휴대폰을 몇 번이나 들여다보며 문자가 오길 기다렸다. 오준영이 좋다고 말하면 얼마나 신날까. 쫄깃하고 달콤한 젤리를 먹는 것처럼 기분이 끝내줄 것 같다. 연락이 오길 목 빠지게 기다리다 지쳐 버렸다. 아까 산 편지지를 꺼냈다. 오준영한테 편지를 쓸 작정이었는데 마음이 싱숭생숭해서 그런지 쓸데없는 낙서만 잔뜩 해 버렸다.

저녁을 먹은 후 엄마가 물었다.

"오늘은 학교에서 잘 지냈니?"

"아니."

지난주부터 단원 평가 기간이다. 오늘은 과학 단원 평가에서 30점을 맞았다. 박민우가 점수 가지고 또 놀렸다. 그런 하루였는데도 잘 지냈는지 묻는 엄마가 원망스러웠다.

잔뜩 찡그린 내 표정을 보고 엄마가 잠깐 생각에 잠기더니, 이렇게 물었다.

박민우
오준영 이랑 사귀면 정말 좋겠다.
윤지랑 수아도 엄청 부러워하겠지? 애들한테 오준영과
데이트한 이야길 들려주면 얼마나 놀랄까.
아마 입을 떡 벌리며 나를 부러워 하겠지?
윤지와 수아가 나를 흉보지 않고 모둠에 끼워 주면 좋겠다.
박민우 그만 놀려. 자꾸 놀리는 거 진짜 기분 나쁘다고...
윤지 수아

"민혜야, 아빠한테 갈래?"

"싫어. 난 미국 싫다고. 거기 가면 친구들이랑 헤어져야 하잖아. 말도 안 통하는데, 거길 왜 가!"

"후유, 알았어. 그 얘긴 그만하자."

아빠가 미국에 간 지 2년이 넘었다. 미국에 가려면 영어 공부도 열심히 해야 한다는데. 나는 영어 단어만 봐도 머리에 쥐가 난다. 내 마음을 몰라주는 엄마 때문에 서러움이 밀려왔다. 순식간에 눈물이 그렁그렁 맺혔다.

"엄마! 머리빗 주면 안 돼? 애들이 나랑 수련회에서 같은 모둠이 되면 망한다고 흉본단 말이야. 나도 머리 좋아지고 싶어. 그 빗으로 빗으면 머리가 잘 돌아가잖아. 내가 무슨 말을 하는지 엄마는 잘 알잖아? 어?"

진심을 담아 엄마에게 매달렸다. 엄마는 조용히 눈만 껌벅거렸다.

한참 침묵이 흐른 후 엄마가 입을 열었다.

"민혜야, 모든 일에는 책임이 따르는 거야. 노력한 만큼 정당하게 얻어야 하고. 어떤 일이 일어나도 네가 선택한 행동을 스스로 감당해야 해. 게다가 소중한 걸 잃을 수도 있어."

엄마가 주저리주저리 어려운 말을 늘어놓았다. 빗을 주겠다는 건지 말겠다는 건지 모르겠다. 가슴이 답답하고 머리가 지끈거렸지만 이대로 포기할 순 없었다. 엄마가 말한 내용을 되짚으며 물어보았다.

"소중한 걸 잃는다고? 그게 무슨 말인데? 뭐든지 난 상관없어. 빗이 진짜 필요하단 말이야. 엄마도 할머니한테 물려받은 건데, 왜 나한테는 안 주는 거야?"

엄마가 가느다랗게 눈을 뜨고 나를 보았다. 엄마가 어떤 말을 할지 맘 졸이며 기다렸다. 엄마가 천천히 입을 뗐다.

"너만은 그런 일을 감당하게 하고 싶지 않아서 빗을 숨긴 건데……."

"상관없어! 나도 다 감당할 수 있다고. 엄마, 제발!"

내가 막무가내로 조르자 엄마가 푹 한숨을 내쉬며 말했다.

"후유. 빗이 생긴다고 무조건 좋은 일만 생기는 건 아냐. 친구 관계가 안 좋아질 수도 있어."

엄마가 굳은 얼굴로 말했지만 나는 신경 쓰지 않았다. 어떤 대가를 치르든 지금보다 나을 게 분명했다. 내가 계속 조르자 엄마가 도리질하며 머리빗을 가져왔다.

"후유, 후회해도 엄만 몰라."

"아싸!"

우울했던 마음이 순식간에 환해졌다. 드디어 나에게 빗이
생긴 것이다.

똑똑해지는 머리빗

다음 날 아침, 머리빗을 꺼내는데 엄마가 걱정스러운 눈빛으로 나를 쳐다보았다. 나는 엄마 눈을 피한 채 쓱쓱 머리를 빗었다. 그러자 순식간에 머리가 맑아지면서 정신이 또렷해졌다.

설레는 마음으로 일찍 학교에 갔다. 학급 문고에서 세종대왕 일대기를 담은 역사책을 꺼내 들었다. 퀴즈 대회 추천 도서다. 한참 읽다 문득 고개를 들어 보니 오준영과 눈이 딱 마주쳤다. 어색한 나머지 억지웃음을 지어 보였다.

1교시 시작 전 오준영에게 문자가 왔다.

학원 때문에 시간이 없어.

거절 문자였다. 나는 그저 어깨를 으쓱이며 어쩔 수 없다고 생각했다. 이상하게 속상한 마음이 들지 않았다. 수아가 호기심 가득한 눈을 빛내며 다가왔다.

"오준영한테 답장 온 거야?"

"응. 바빠서 안 된대."

짧게 대꾸했다. 윤지와 수아가 안됐다는 얼굴로 나를 쳐다보았다. 하지만 둘이 걱정하는 것처럼 기분이 나쁘지 않았다. 박민우가 옆에서 귀를 쫑긋 세우고 엿듣고 있는 게 느껴졌다. 연신 흘낏대는 박민우를 째려보았다. 마침 수업 종이 울렸다.

수업이 시작되자 아무 일도 없었다는 듯 선생님 설명에 빠져들었다. 수업 내용이 머릿속에 쏙쏙 들어왔다. 신기하게도 이해되지 않는 내용이 하나도 없었다. '내가 몰랐던 게 뭐였더라?' 이런 생각이 들 정도였다.

3교시 국어 시간, 지난 시간에 이어서 선생님이 프랜시스 호즈슨 버넷이 쓴 《비밀의 화원》 동화책을 읽어 주었다. 그러고는 책을 읽은 느낌을 공책에 적어 보라고 했다. 문득 2학년 여름 방학 때 텃밭 체험 학습을 갔던 기억이 생생하게 떠올랐다. 잡초를 뽑고 물을 준 일들이 어제 일처럼 느껴지면서, 버려진 화원을 정성껏 가꾸는 메리의 마음을 떠올렸더니 글이 술술 써졌다. 당시 수박 밭에서 벌이 날아와 소스라치며 도망을 쳤던 내 경험도 솔직하게 적었다.

선생님이 공책을 검사하더니 내가 쓴 글을 반 아이들에게 읽어 주었다. 벌에 놀라 도망친 이야기를 읽을 때는 아이들 모두 킥킥거렸다. 창가에 앉은 오준영도 웃는 얼굴로 나를 쳐다보았다. 나를 보는 눈빛이 왠지 모르게 아침보다 한결 부드러워진 것 같았다. 짝꿍 박민우도 생글거리며 나를 바라보았다. 우쭐해지며 어깨가 으쓱 올라갔다. 칭찬받을 때마다 으스대던 박민우 마음이 이런 거였나. 선생님도 경험담을 담아 글이 더욱 풍성해졌다고 칭찬해 주었다. 기분 좋은 반응에 마음이 몽글몽글해졌다가, 돌연 떠오른 생각에 차갑게 가라앉았다. 고작 이 정도 가지고 뭘 그러나 싶었다.

4교시 사회 시간에는 단원 평가 시험을 보았다. 선생님이 나눠 준 시험지를 받은 순간 아까 쉬는 시간에 잠시 읽었던 교과서 내용이 주르륵 떠올랐다. 이번 사회 시험은 꽤 어려웠는지 만점 맞은 사람은 나밖에 없었다. 선생님과 반 아이들 모두 놀라워했다. 싱긋벙긋 웃음이 나다가 불쑥 아까 느꼈던 못마땅한 마음이 다시금 솟아올랐다. 웃음을 거두고 입을 꾹 다물었다.

눈이 휘둥그레진 박민우가 채점이 끝난 시험지를 내밀었다.

"우와! 어쩐 일이냐. 100점을 다 맞고? 공부 무지 열심히 했나 보네? 연애에 실패하더니 열공 하나 보다?"

"넌 몰라도 되거든."

뻣뻣하게 고개를 치켜들고 시험지를 건네받았다. 그런데 열심히 공부했냐 물음에 바늘에 찔린 듯 가슴 한쪽이 콕 쑤셨다. 저 녀석은 왜 자꾸 내 일에 참견하는지 모르겠다. 하지만 곧 잡생각을 지우고 시험지를 책상 서랍에 집어넣었다.

박민우는 세 개나 틀려서 그런지 얼굴을 잔뜩 찡그렸다. 나는 그동안 놀림 받은 걸 떠올리며 쏘아붙였다.

"그것도 점수냐? 나 같음 그 점수 받고 집에 못 가."

얼굴이 시뻘게진 박민우가 부끄러운 듯 고개를 숙였다. 매번 놀려 댈 땐 언제고 귀밑까지 빨개지고 있었다. 그 모습이 낯설고 이상했다.

지루할 틈도 없이 수업 시간이 지나갔다. 오준영과 몇 번이나 눈이 마주쳤지만 신기하게도 거절당한 일이 아무렇지도 않았다.

옆에 앉은 박민우가 툴툴거렸다.

"왜 자꾸 오준영을 봐? 차이고도 못 잊은 거야?"

내가 누굴 보든 말든 무슨 상관이라고 시비를 거는지 모르겠다. 대꾸하기도 싫어 고개를 팩 돌려 버렸다.

마지막 수업 종이 울렸다. 수업 시간이 이렇게 짧았었나? 조금 놀랐지만 짐짓 태연하게 앉아 있었다.

집에 가기 전에 선생님이 말했다.

"내일은 드디어 1박 2일로 수련회 가는 날이에요. 모두 늦지 않게, 8시 30분까지 오도록 하세요. 전에 나눠 준 유인물 살펴보면서 준비물도 잘 챙겨 오고요."

"네!"

아이들이 떠나갈 듯 큰 소리로 답하자 선생님이 환한 얼굴로 고개를 끄덕였다.

복도를 나서는데 오준영이 문자를 보냈다.

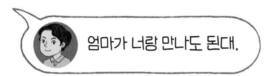

엄마가 너랑 만나도 된대.

신이 나서 어깨춤이라도 추어야 하는데 이상하게 마음이
쌀랑해졌다.

마침 오준영이 내 앞으로 지나가며 눈을 찡긋해 보였다.
나는 살짝 미소 지었지만 그뿐이었다. 어제 가졌던 간절한
마음이 어디론가 사라져 버렸다. 어제는 왜 그리 안달했는
지 모르겠다.

학교 정문 앞을 지나가는데 윤지가 수아랑 팔짱을 끼고 선
채 나를 불렀다.

"민혜야! 오준영이랑 사귀기로 한 거야?"

나는 대답 대신 고개만 끄덕였다. 수아가 눈이 휘둥그레져
재잘거렸다.

"오준영이 똑똑한 애를 좋아한다더라. 네가 오늘 똑똑해
보이니까 사귀기로 한 건가?"

"글쎄……."

애매한 미소를 지으며 말을 얼버무렸다. 수아가 내 팔을 흔들며 쫑알거렸다.

"수련회에서 우리 셋이 꼭 같은 모둠 되면 좋겠다. 히히. 근데 민혜 너는 어느 학원 다녀?"

고개를 저으며 시큰둥한 목소리로 답했다.

"학원 안 다니는데?"

"헐, 말도 안 돼. 그럼 어떤 교재 보는데?"

"그런 거 없어."

"거짓말."

수아가 떨떠름한 얼굴로 나를 쳐다보았다. 윤지도 얼굴을 찡그리며 고개를 갸웃거렸다. 아이들이 어리둥절해하는 모습에 기분이 몹시 상했다.

"먼저 갈게."

돌아서서 집을 향해 걸었다. 뒤돌아보지 않았지만 나에 대해 수군거리는 게 느껴졌다. 신경 쓰고 싶지 않아서 성큼성큼 교문을 빠져나왔다.

저녁에 엄마가 학교에서 잘 지냈는지 물었다. 나는 한껏

우쭐대며 말했다.

"우리 반에서 나 혼자만 사회 시험에서 100점 맞았어."

"그래. 잘했네."

엄마가 덤덤한 목소리로 말했다. 내가 처음으로 100점을 맞았는데, 엄마의 대답은 20점 맞았을 때와 크게 다르지 않았다. 심지어 얼굴 표정도 똑같았다. 의아한 눈빛으로 엄마에게 물었다.

"100점 맞았는데 하나도 안 기쁜 거야?"

"아냐, 정말 잘했어."

엄마가 마지못해 대꾸하는 게 느껴졌다. 전에 엄마가 빗을 건네며 머뭇거리던 기억이 났다. 그때 말하려던 게 뭘까? 소중한 무엇을 잃게 되는 걸까? 갑자기 그게 궁금해졌다.

"부작용 때문에 걱정돼서 그러는 거야?"

엄마가 가만히 나를 쳐다보더니 천천히 입을 열었다.

"혹시 예전과 달라진 건 없어? 기분이라든지 친구 관계 같은 거 말이야."

"글쎄……. 그런 거 없는데?"

엄마가 무슨 말을 하는 건지 모르겠다. 엄마는 길게 한숨을 내쉬더니 자리에서 일어섰다.

나는 방으로 들어와 준영이와 문자를 주고받았다. 준영이는 학원 스케줄이 빡빡한 데다 숙제가 엄청 많다고 투덜거렸다. 그러다 천문대 이야기를 꺼냈다.

내일 수련회 가면 별자리도 구경하겠지?
천문대에 엄청 큰 굴절 망원경이 있대.
둘이 같이 별도 관찰하면 재미있겠다.

　나는 준영이 문자를 보고만 있었다. 준영이랑 별자리를 찾아 하늘을 올려다보는 장면이 머릿속에 잘 그려지지 않았다. 하지만 별자리에 대한 호기심이 솟구쳤다. 내일 일찍 학교 도서관에 가서 별자리 책을 빌려야겠다고 속으로 생각했다. 준영이가 퀴즈 대회 얘길 꺼냈다.

 퀴즈 대회에서 어느 모둠이 일등 할까?
민혜 넌 우리 반 대표로 누가 뽑힐 것 같아?

글쎄, 모르지 뭐.

　당연히 내가 될 거라고 답하려다 말았다. 승부욕이 활활 타올랐지만 섣불리 말하고 싶지 않았다. 준영이가 마지막으로 급식 우선 쿠폰 이야기를 덧붙였다.

급식 우선 쿠폰 받으면 얼마나 좋을까?
우리 같은 모둠 되면 진짜 좋겠다.ㅋㅋ

 나도!

우리 모둠이 일등을 해서 내가 꼭 반 대표로 뽑혀야지!

출발! 수련회

아침 7시, 알람 소리에 번쩍 눈을 떴다. 8시 30분까지 학교에 가야 한다. 수련회는 1박 2일로, 왕릉을 둘러보고 천문대에 가서 별을 관찰하는 일정이다. 어제 미리 챙겨 둔 배낭을 다시 한번 살폈다. 세면도구와 다른 준비물들을 잘 챙겼는지 확인한 다음 씻고 옷을 갈아입었다. 밥을 먹으며 꼼꼼히 수련회 일정표를 확인했다. 5시에 예선전이 열린 뒤 저녁 7시에 반별 퀴즈 대회가 시작된다. 대회가 끝나는 시간은 7시 40분이다.

벽시계를 보니 아침 8시였다. 지금 머리를 빗으면 퀴즈가 끝날 때까지 아무 문제없을 것이다. 마지막으로 빗을 꺼내 정성껏 머리를 빗었다.

머리빗을 손가방에 넣는데 엄마가 심각한 얼굴로 내 손에 든 머리빗을 쳐다보며 말했다.

"머리빗 효력이 하루 열두 시간이라는 거 잘 알고 있지? 자고 일어나면 효력이 사라지고."

"나도 알아. 퀴즈 대회 끝나는 시간 확인하고 조금 전에 머리 빗은 거야."

조심스레 손가방에 빗을 집어넣었다. 엄마가 굳은 목소리로 계속 말했다.

"머리를 많이 빗는다고 효과가 더 좋아지는 건 아니야."

"알고 있어."

"후유, 그래……."

엄마는 왜 그렇게 땅이 꺼져라 한숨을 쉴까. 선생님과 친구들은 모두 내가 잘하는 모습에 칭찬만 해 주는데.

현관에서 엄마가 마지막으로 당부했다.

"들고 다니다 잊어버리지 말고 가방에 잘 넣어 둬."

"걱정 말라니까."

큰 소리를 탕탕 친 뒤 현관을 나섰다.

아파트를 나와서 길을 걷는데 초록빛 나뭇잎들이 살랑살랑 바람에 나부꼈다. 엄마는 굳이 여러 번 빗을 필요는 없다고 했지만 그래도 빗을 꺼내 쓱쓱 머리를 빗었다. 어깨에서 찰랑대는 머리카락이 따스한 봄바람에 흩날렸다.

교실에 들어가니 준영이가 내게 손을 흔들었다. 준영이를 보니 어젯밤 나눈 별자리 이야기가 떠올랐다. 오늘 밤 천문대에서 별이 잘 보일까? 호기심이 솟구쳐 학교 도서관에서 별자리 책을 빌려 왔다.

선생님이 오기 전에 자리에 앉아 후루룩 책을 읽는데 무척이나 재미있었다. 전엔 도통 무슨 뜻인지 모르겠더니 읽자마자 머리에 쏙쏙 들어왔다.

"황도 12궁으로 나눌 경우, 양자리, 황소자리, 쌍둥이자리, 게자리, 사자자리, 처녀자리, 천칭자리, 전갈자리, 궁수자리, 염소자리, 물병자리, 물고기자리가 있구나. 내 생일은 5월 16일이니까 황소자리."

생일별로 나눈 별자리를 손으로 짚어 본 다음 고개를 들고 줄줄 읊어 보았다. 내 별자리가 뭔지 맞춰 보는데 옆에 앉은 박민우가 놀라워했다.

"대박! 수련회 가는 날에도 책을 읽냐? 이제 별자리까지 줄줄 외우는 거야? 머리가 팽팽 돌아가나 봐?"

나는 어깨를 한 번 으쓱이고는 창밖을 쳐다보며 눈썹을 찌푸린 채 중얼거렸다.

"날이 흐린데 별이 잘 보이려나?"

박민우가 내 말을 듣고는 콧방귀를 뀌었다.

"풋. 바보냐. 구름에 가리면 당연히 안 보이지."

나는 못 들은 척 책을 마저 읽었다.

그때 선생님이 교실에 들어왔다. 선생님이 텔레비전 화면을 켜고 누가 어느 모둠인지 알려 주었다. 휴대폰 앱으로 모둠을 추첨한 거라고 했다. 아이들이 웅성거렸다.

화면을 보더니 박민우가 우쭐대며 말했다.

"일등은 우리 모둠이지. 퀴즈에 나올 만한 건 싹 외워 뒀거든. 이민혜, 나랑 같은 모둠 안 돼서 아쉽지?"

"아니거든? 전혀!"

황당한 말에 바로 쏘아 주었다. 박민우와 다른 모둠이어서

차라리 잘됐다. 윤지와 수아 역시 박민우와 같은 모둠이었
다. 나는 준영이와 같은 모둠이 되었다. 선생님이 모둠을
발표하는 순간 준영이와 눈이 마주쳤다. 준영이가 환
하게 웃어 보였다. 나도 입꼬리를 올려 애매하게
미소 지었다. 같은 모둠이 돼서 좋은 것보다
는 일등에 욕심이 났다. 가슴속에서 승부
욕이 활활 타올랐다. 게다가 반장 채
리도 같은 모둠이라 우리 모둠이
더욱 유리했다.

선생님 지시에 따라 운동장으로 이동하는데 윤지와 수아가 다가왔다.

"같은 모둠 안 돼서 너무 아쉽다. 너도 서운하지?"

"글쎄, 난 상관없는데?"

시큰둥하게 어깨를 으쓱이자 윤지와 수아가 놀란 눈으로 나를 쳐다보았다. 나는 무덤덤한 얼굴로 버스에 올랐다. 창가에 앉자 반장 채리가 내 옆에 앉았다. 앞쪽에 앉은 윤지와 수아가 나를 몇 번이나 힐끗거렸지만 신경 쓰지 않았다. 목적지에 가는 동안 아이들 관심은 온통 퀴즈 대회에 쏠려 있었다. 박민우가 자기네 모둠이 일등이라고 큰 소리로 떠들어 대며 불을 지폈기 때문이다.

한 시간 정도 지나서 우리는 고속도로 휴게실에 들렀다. 나는 가방에서 머리빗을 꺼내 연거푸 머리를 빗었다. 승부욕이 불타오를 때마다 머리를 빗으며 다짐했다.

"우승은 내 거야!"

버스를 타고 한 시간을 다시 달려 강이 보이는 절에 들렀다. 관람을 마친 뒤엔 근처 식당에서 점심으로 볶음밥을 먹었다. 그 와중에도 박민우는 메모장을 들여다보고 있었다.

퀴즈 대회 예상 문제 같은 걸 적어 온 모양이었다. 열심히 중얼거리는 모습에 나도 질세라 자료를 꺼내 보았다.

오후 1시, 세종대왕릉에 도착했다. 현장에서 안내해 주는 해설사 선생님을 따라 박물관을 천천히 둘러보았다. 선생님이 우리에게 물었다.

"영릉은 어느 왕의 무덤일까요?"

"영조요!"

누군가 엉뚱한 대답을 했다. 내가 서둘러 정답을 말하려는 순간 박민우가 먼저 나섰다.

"세종대왕과 소헌왕후의 능인 영릉, 그리고 효종대왕과 인선왕후의 능인 영릉이 있어요."

"우아!"

박민우 대답에 아이들이 입을 쩍 벌렸다. 나는 답할 기회를 놓쳐 버린 탓에 기분이 상했다.

박물관에서 영상을 본 다음 선생님의 인솔로 밖으로 나왔다.

두 개의 왕릉으로 가는 입구에는 왕의 이름과 해설이 적힌 안내판이 보였다. 모둠별로 잔디밭 사이로 난 산책로를 따라서 왕릉까지 걸어갔다. 가는 길에 세종대왕이 만든 과학

발명품들이 전시되어 있었다. 어느새 우리 모둠 곁으로 쫓아온 박민우가 아는 체를 해 댔다.

"앙부일구, 자격루, 혼천의, 수표까지 싹 다 외웠지. 히히."

나도 집중해서 발명품들을 둘러보았다. 옆에서 채리와 준영이도 유심히 쳐다보는 게 느껴졌다. 왕의 제사를 지내는 재실을 지나 왕릉 쪽으로 걸어갔다. 솔밭 사이로 바람이 불어왔지만 커다란 무덤이 있는 언덕에 오를 때는 땀이 삐질 삐질 났다. 널따란 잔디밭의 둥그런 무덤도 보고, 둘레에 세워져 있는 지석도 관찰했다.

버스로 돌아가는 길에 선생님이 세종대왕 동상 앞에 모이라고 말했다.

"반 단체 사진 찍게 모이세요. 모둠별로도 찍을 거니까 잘 모여 있어요."

우리 모둠 차례가 됐을 때 나와 채리, 오준영과 유승민 이렇게 넷이서 승리의 V자를 그렸다.

"3조가 일등. 파이팅!"

퀴즈 대회에서 우승할 것을 다짐하며 크게 외쳤다. 그러고는 버스에 올라 수련원으로 이동했다.

오후 4시, 배정받은 방에 가방을 풀고 강당에 모였다. 왕릉에 다녀와서 보고 느낀 점을 쓰는 시간을 가졌다. 나는 하나도 빠뜨리지 않고 오늘 보고 들은 내용을 적어 나갔다. 열심히 빼곡하게 쓴 덕분에 선생님에게 칭찬을 받았다.

"민혜가 오늘 견학이 아주 감명 깊었나 보구나. 무덤 이름부터 발명품, 해설사 선생님이 들려준 역사 내용까지 정성껏 적어서 종이가 모자랄 지경이네. 호호. 하나도 놓치지 않고 기억하고 있다니, 정말 대단해!"

순간 가슴이 뿌듯해졌다. '정성껏'이라는 말에 기분이 이상했다.

"이민혜, 요즘 무슨 일이야? 역사에 관심이 하나도 없는 줄 알았는데? 요새 완전 이상하다니까."

옆 모둠에 앉은 박민우가 눈을 휘둥그레 뜨고 끼어들었다. 내가 가장 잘 썼다는 칭찬을 받으니 샘이 나서 달려온 모양이었다.

쉬는 시간, 습관적으로 손가방에서 머리를 꺼내 빗었다.

나를 쳐다보던 박민우가 시비를 걸었다.

"어휴, 무슨 머리를 그렇게 자주 빗냐? 멋만 부리면 다야?"

"흥. 관심 꺼. 네가 무슨 상관이야!"

박민우에게 톡 쏘아 주었다. 그러자 박민우가 입을 삐죽거리며 어깨를 늘어뜨렸다. 축 처진 모습이 왠지 풀 죽은 강아지 같았다. 왜 자꾸 성가시게 구는지 모르겠다. 윤지와도 눈이 마주쳤지만 어깨를 으쓱이며 돌아섰다.

아이들이 삼삼오오 짝을 지어 퀴즈 대회 이야기를 꺼냈다. 다른 반 아이들도 마찬가지였다. 1반부터 5반까지 온통 퀴즈 대회 이야기뿐이었다. 다들 급식 우선 쿠폰에 목을 맸다. 게다가 4학년 퀴즈왕에 뽑히면 1년 내내 가장 먼저 급식을 먹을 수 있다! 우리 모둠이, 아니 내가 모든 문제를 척척 맞혀서 우승할 생각에 주먹을 움켜쥐었다.

사라진 머리빗

4학년 모든 반이 강당에 모였다. 우리 반을 찾아 두리번거리는데 마침 벽에 걸린 동그란 시계가 5시를 가리키고 있었다. 퀴즈 대회 예선전을 위해 반별로 모여 앉았다. 우리 반은 24명으로 여섯 모둠이었다. 기대감에 부푼 아이들이 웅성거렸다.

서둘러 모여 앉자 선생님이 ○×퀴즈를 내기 시작했다.

"자, 모두 조용! 모둠원들하고 충분히 상의한 다음, 막대기를 드세요. 낮에 박물

관에서 본 것과 해설사 선생님의 설명을 잘 떠올려 보고 맞으면 동그라미, 틀리면 가위표가 그려진 막대기를 드세요. 가장 많이 맞힌 모둠이 일등이 되는 거예요."

아이들이 머리를 맞대고 앉아 선생님 설명에 귀를 쫑긋 기울였다.

"한글을 만든 왕은 세종대왕이다."

첫 번째 문제는 무척 쉬웠다. 여섯 모둠 모두 정답을 맞혔다. 문제가 거듭될수록 점점 어려워졌다. 하나둘 탈락하는 모둠이 나왔다. 다소 헷갈리는 문제가 나오면 아이들이 자연스레 나를 쳐다보았다. 그때마다 나는 자신 있게 막대기를 들었다.

여섯 번째 문제까지 풀고 나니 박민우네 모둠과 우리 모둠만 남았다. 아이들의 관심이 두 모둠에 집중되었다. 선생님이 큰 소리로 문제를 냈다.

"노비 출신 과학자 장영실은 청나라에서 유학하고 돌아와 앙부일구, 자격루를 만들었다. 맞으면 동그라미, 틀리면 가위표를 드세요."

박민우네 모둠은 동그라미를, 우리 모둠은 가위표를 들었다. 내 기억으로 중국에서 유학한 건 맞는데 청나라가 아니라 명나라였다. 나는 자신 있는 표정으로 모둠 아이들을 둘러보며 막대기를 더욱 높이 들었다. 선생님이 두 모둠을 찬찬히 훑어보고는 서서히 입을 뗐다.

"정답은 가위표!"

"우아!"

우리 모둠 아이들이 소리를 질렀다. 우리가 한 문제도 안 틀리고 모두 정답을 맞힌 것이다. 해냈다는 생각에 두 주먹을 불끈 쥐었다. 이제 반 대표로 뽑힐 일만 남았다. 저만치 앉은 박민우가 입을 떡 벌리고 나를 쳐다보았다. 자기네가 일등 할 거라고 깐족대더니 할 말을 잊은 모양이었다. 윤지와 수아도 부러운 눈으로 나를 바라보았다. 이구동성으로

아이들이 나를 추천했다.

선생님이 나를 일으켜 세우며 말했다.

"우리 반 퀴즈 대표는 이민혜예요. 모두 박수!"

아이들이 열띠게 손뼉을 치며 나를 응원해 주었다. 드디어 내가 우리 반 대표로 퀴즈 대회에 나간다. 가슴이 벅차오르고 스스로가 무척 자랑스러웠다. 이제 아이들이 날 무시하지 않겠지?

저녁 6시, 식당에서 저녁을 먹었다. 보기만 해도 군침이 도는 바삭한 돈가스가 나왔다. 배가 고프지 않아 대충 우물거렸다. 박민우가 다가와 퀴즈 대회 예상 문제 자료를 내밀었다.

"꼭 일등 해라. 우리 반 망신시키지 말라고 주는 거야."

"그, 그래……."

박민우 말에 황당했지만 순순히 고개를 끄덕였다. 자료를 받아 쓱 훑어보았다. 다 아는 거였지만 다른 아이들까지 응원의 눈길을 보내는 바람에 거절하기도 애매했다. 자료를 들여다보며 알고 있는 것도 다시 한번 빠짐없이 외워 두었다.

화장실에서 머리를 빗는데 윤지와 수아가 다가왔다. 수아가 바싹 붙으며 물었다.

"요새 왜 이렇게 똑똑해진 거야? 공부에 관심이 생기더니 암기력까지 좋아진 거야?"

나는 별거 없다는 듯 무덤덤하게 답했다.

"그냥 평소랑 똑같은데……."

내 말에 수아가 펄쩍 뛰었다.

"무슨 소리야? 예전하고 완전 다른데. 전엔 공부에 아예 관심 없었잖아! 연애에만 관심 있는 줄 알았지."

"아니거든. 모르면 신경 꺼 줄래?"

못마땅한 얼굴로 인상을 쓰자 수아가 입을 꾹 다물었다. 어색한 분위기가 감돌자 윤지가 당황한 목소리로 물었다.

"근데 왜 그렇게 머리를 자주 빗어? 아까 휴게실에서도 빗었잖아."

"아, 그게……. 너흰 몰라도 돼."

빗에 대한 비밀을 말하려다 그만두었다. 어차피 말해 봤자 믿지 않을 게 뻔했다. 수아가 수상한 눈초리로 쳐다보더니 싱긋 웃으며 말했다.

"오준영한테 잘 보이려고 그러는구나?"

생각지도 못한 말에 멍해졌다. 윤지와 수아가 화장실 변기 칸으로 들어가 버렸다. 머리빗을 가방에 넣는데 복도에서 후다닥 지나가는 발소리가 들렸다. 밖으로 나가 보니 박민우가 입은 파란 점퍼가 눈에 들어왔다. 쟤는 왜 자꾸 내 주변을 어슬렁거리는지 모르겠다.

아이들이 우르르 강당으로 몰려갔다. 나도 강당으로 발길을 서둘렀다. 그러다 박민우와 또 부딪히고 말았다.

모둠별로 앉아 무심코 가방을 내려다보았는데, 앞주머니 지퍼가 살짝 열려 있었다.

'이상하네? 아까 덜 닫았나?'

손가방을 열어 보니 빗이 보이질 않았다! 화들짝 놀라 가방을 샅샅이 뒤졌다. 하지만 빗은 어디에도 없었다. 초조한 마음으로 뒤적거리는데 반장이 내게 물었다.

"민혜야, 뭐 찾아?"

"비, 빗이 없어졌어."

"머리빗?"

"응. 이상하다. 분명히 가방에 넣어 뒀는데. 그거 없으면 안 된단 말이야."

눈앞이 캄캄해지며 왈칵 눈물이 났다. 반장이 어깨를 토닥이며 말을 건넸다.

"너무 속상해하지 마. 빗 하나 잊어버린 거 갖고 뭘 그래. 그거 없어진다고 당장 큰일 나는 것도 아니잖아."

주위 애들에게도 물어봤지만 내 머리빗을 봤다는 사람은

없었다. 머리빗이 별거냐며 다들 시큰둥한 반응이었다. 발을 동동거리며 찾아 헤매는 내가 안쓰러웠는지 반장이 담임 선생님한테 달려갔다.

담임 선생님이 아이들에게 내 머리빗에 대해 물었다. 대추나무로 만든 얼레빗이라 플라스틱 빗하고는 완전히 다르고 용 문양이 멋지게 새겨져 있다고 덧붙였다. 하지만 본 사람이 전혀 없었다.

퀴즈 대회에 나가기 전이라 왠지 마음이 불안했다. 설마 일등을 놓치진 않겠지? 당장 빗을 찾아 나서고 싶지만 시간이 없었다. 어느덧 7시가 가까워졌다. 애써 마음을 다잡았다.

저녁 7시, 4학년 아이들이 모두 강당에 모였다.

퀴즈 대회 진행자 선생님이 반 대표로 뽑힌 아이들을 무대 위로 불렀다. 나를 포함해 대표로 뽑힌 다섯 명의 아이들이 자기소개를 마치자 선생님이 커다란 화면을 켰다. 우리는 강당에 모인 아이들을 향해 한 줄로 띄엄띄엄 앉았다.

선생님이 마이크를 잡고 퀴즈 대회 시작을 알렸다.

"자, 그럼 퀴즈 대회를 시작할까요? 문제를 잘 듣고 스케치북에 정답을 써서 앞으로 들어 주세요. 스물다섯 문제 중 가장 많이 맞힌 사람이 일등이 되는 거예요."

"이민혜 파이팅!"

"김승호 파이팅!"

여기저기서 반 대표로 뽑힌 친구들의 이름을 부르며 응원했다.

커다란 칠판에는 다섯 명의 이름이 적혀 있고, 퀴즈를 맞히면 이름 아래 정답의 개수가 표시되는 시스템이었다. 모든 문제는 주관식이라 정답을 모르면 찍을 수도 없었다.

선생님이 첫 번째 문제를 읽는 동안 아이들이 귀를 쫑긋 세웠다.

"한글을 만든 임금님의 이름을 적어 보세요."

쉬운 문제에 아이들이 웅성거리자 선생님이 손가락을 입에 대고 주의를 주었다. 반 대표로 나온 아이들 모두 정답을 쓰고 스케치북을 번쩍 치켜들었다. 처음 세 문제까지는 모두 정답을 맞혔다. 그렇게 열 문제를 풀 때까지 문제가 제법 쉬워서 순조롭게 퀴즈가 진행되었다.

"조선 세종대왕 때 만든 해시계 이름을 적어 보세요."

열한 번째 문제는 조금 어려웠다. 2반 대표로 나온 유설아

가 정답을 적지 못하고 머뭇거렸다. 일찍 정답을 적은 나는 자신 있었지만 시간이 자꾸 지체되자 절로 눈살이 찌푸려졌다. 정답을 적지 못한 설아가 울먹거리다 끝내 울음을 터트렸다. 그러자 2반 선생님이 설아를 달래 주었다. 아이들도 응원의 말을 외쳐 주었다.

"울지 마! 괜찮아!"

아이들 응원 소리가 강당을 메웠다. 설아가 눈물을 닦고 자리에 다시 앉았다. 그 바람에 아까운 시간이 훌쩍 지나갔다. 아직 절반도 풀지 않았는데 벌써 7시 25분이었다. 빨리 끝내고 일등 해야 하는데! 문득 아침에 엄마가 한 말이 떠올랐다.

'열두 시간이 지나면 효력이 사라져.'

순간 아찔한 기분이 들었다. 아침 8시에 머리를 빗었으니 곧 효력이 끝날 시간이라 마음이 급해졌다.

다시 퀴즈가 계속되었다. 스무 문제까지 풀고 난 다음 선생님이 점수 상황을 알려 주었다. 스무 문제를 다 맞힌 사람은 나 혼자뿐이라 아직까진 내가 일등이었다. 1반 김승우가 한 개, 5반 최나경이 두 개를 틀렸다. 아이들이 내 이름을 부르며 박수를 쳐 주었다. 벽시계가 7시 40분을 가리키는 걸

보며 속으로 마른침을 꿀꺽 삼켰다.

갑자기 아이들이 웅성거렸다. 1반 대표로 나온 김승우 코에서 피가 줄줄 흘렀다. 코피가 터진 것이다. 선생님이 달려와 흐르는 피를 휴지로 막고 승우를 데려갔다.

아이들이 서로 마주 보며 승우를 걱정했다. 시간이 흐르는 걸 초조하게 지켜보던 나는 선생님에게 짜증 섞인 목소리로 물었다.

"선생님! 계속 진행 안 해요?"

"여러분, 우리 승우가 돌아올 때까지 조금만 기다려 보면 어때요?"

"기다려요!"

"좋아요!"

아이들이 한목소리를 내었다. 당황한 나는 입을 꾹 다물었다. 아직 다섯 문제가 남아 있었다. 조마조마한 마음에 자꾸 시계를 흘끗거렸다. 어느새 시간이 7시 55분을 지나고 있었다. 위급한 상황에 심장이 벌렁벌렁 뛰었다.

1반 선생님을 따라 승우가 강당에 들어왔다. 아이들이 술렁거리더니 격려의 박수를 보냈다. 승우는 포기할 것처럼 하더니 몸을 추스르고 무대 위로 올라왔다. 승우가 자리에 앉고 나서 퀴즈가 계속되었다. 한 문제를 푼 다음 연달아 선생님이 그다음 문제를 냈다.

"조선 시대 세종 임금이 신하들과 만든, 비의 양을 재는 도구는 무엇일까요? 정답을 적어 주세요."

정답을 아는 몇몇 아이들이 아는 척을 해 대며 야단을 떨었다. 선생님이

급히 나서서 조용히 하라고 주의를 주었다. 그때 누군가 손을 번쩍 들고 따져 물었다.

"선생님, 4반 박슬기가 이민혜 정답 훔쳐 봤어요!"

아이들이 소란을 피우자 박슬기가 고개를 푹 숙이며 자리에서 일어섰다. 결국 박슬기가 퇴장당하고 나머지 네 명만 남았다. 강당 분위기가 한층 어두워졌다.

선생님이 파이팅을 외치며 가라앉은 분위기를 끌어올렸다. 박수를 치고 구호를 여러 번 외치자 분위기가 다시 뜨거워졌다. 퀴즈가 다시 시작되었다. 고개를 드는데 시계가 마침 8시를 지나고 있었다!

머리빗의 또 다른 비밀

속이 바싹 탔다. 입술을 깨물며 되뇌었다.

'아냐. 문제없어! 지금까지 잘 해 왔잖아. 조금만 버티면 돼!'

딱 세 문제가 남았으니 두 문제만 더 맞히면 내가 일등이다.

선생님이 큰 소리로 문제를 냈다.

"한글의 옛 이름으로 세종대왕이 창제한 문자의 명칭은 무엇일까요?"

옆에 앉은 아이들이 답을 적었는지 스케치북을 번쩍 치켜

들었다. 나는 잠시 머뭇거렸다. 알쏭달쏭 가물거리며 답이 떠오르지 않았다. 결국 처음으로 한 문제를 틀렸다.

선생님이 다음 문제를 냈다.

"오늘 낮에 효종대왕릉에 가 봤죠? 조선 시대 효종 임금 때 네덜란드에서 제주도에 표류한 한 외국인이 14년 동안 조선 생활을 기록으로 남겨 유명한데요, 이 사람은 누구일까요?"

답을 적으려고 했지만 이번에도 생각나지 않았다. 정답 마감 시간이 다가왔음을 외치는 선생님 목소리에 머릿속이 새하얘졌다.

"뭐더라? 분명히 알았던 건데……."

그때 박민우와 눈이 딱 마주쳤다. 박민우가 입으로 무슨 말을 하는데 그게 정답인 것 같았다. 내친 김에 그대로 받아 적었다.

"아멘이라고?"

"으하하하."

내가 적어 낸 답을 보고 아이들이 한바탕 웃어 댔다. 손을 모으고 기도하는 흉내를 내는 아이도 있었다. 정답은 '아멘'이 아니라 '하멜'이었다. 내 답이 황당했는지 아이들이 계속

키들거렸다. 아이들 웃음소리에 얼굴이 발갛게 달아올랐다. 너무 창피해서 어디론가 숨고 싶다가도 마지막 한 문제를 더 맞히면 이길지도 모른다는 희망이 꾸역꾸역 올라왔다. 그러려면 내가 맞히고 1반 김승우가 틀려야 했다. 여러 생각에 마음이 오락가락 어지러웠다. 후유. 긴 한숨을 내쉬며 마음을 가다듬으려고 애썼다.

드디어 선생님이 마지막 문제를 냈다.

"세종 임금 때 만든 관측 기구로 해와 달, 별과 오행성의 위치를 측정하는 기기 이름은 무엇인가요?"

퍼뜩 답이 떠오르지 않았다. 아까 저녁 시간에 박민우가 준 종이에 적혀 있던 내용이었다. 눈을 지그시 감고 답을 떠올리려고 애썼다. 잠시 후 머릿속에 답이 떠올랐다. 나는 펜을 움켜쥐고 답을 적었다. 선생님이 정답을 불러 주길 기다리는 동안 심장이 두근두근 떨렸다.

"정답은 혼천의!"

"우아!"

정답을 맞힌 사람은 나와 김승우였다. 마지막에 열심히 외워 둔 것이 나와서 천만다행이었다. 하지만 나보다 1점 앞선 김승우가 결국 우승했다.

나는 멋쩍은 얼굴로 자리로 돌아와 앉았다.

"민혜야, 수고했어. 여러분, 민혜에게 박수쳐 주세요."

"민혜야, 수고했어."

"그래도 멋졌어."

아이들이 추켜세웠지만 왠지 부끄러웠다. 누군가 노골적으로 한마디 보탰다.

"아까 '아멘'이라고 했을 때는 평소 이민혜로 돌아간 줄 알았잖아."

그 말에 아이들이 맞장구를 치며 낄낄거렸다. 얼굴이 다시 뜨거워졌다.

아이들 시선을 피해 강당을 빠져나왔다. 비가 멎었지만 날이 흐려 밤하늘에 별을 볼 수 없었다. 다들 아쉬워했지만 나는 그런 데 마음 쓸 여유가 없었다. 부끄러운 마음과 허탈한 마음이 한꺼번에 떠올라 머릿속이 어지러웠다. 머리빗은 대체 어디로 갔을까. 그날 저녁, 밤새 뒤척이느라 제대로 잠을 잘 수가 없었다.

다음 날 아침, 반 아이들과 함께 숙소에서 천문대까지 걸어갔다. 힘이 빠져 터덜터덜 걷다 보니 어느새 천문대 입구가 나왔다. 선생님이 천문대에 대해 간단하게 설명해 주었지만 귀에 들어오지 않았다. 중간쯤 올라가는데 박민우가 천문대에 대해 알은체를 했다.

"여기 천문대에는 12인치인 304밀리미터 굴절 망원경과 또 14인치인 355밀리미터 반사 굴절 망원경이 있대. 이 정도면 국내에서 제일 큰 거지."

"우와! 대단하다."

수아가 큰 소리로 맞장구를 쳤다. 박민우가 우쭐대며 떠들었지만 머리빗 걱정에 이야기가 들리지도 않았다. 자꾸 나대는 박민우가 짜증 날 뿐이었다.

한참 산에 오르자 천문대 정상이 나왔다. 천문대 건물 안에는 별자리를 불빛으로 그려 놓은 천체 투영실이 있었다. 별자리 모양에 따라 불빛들이 진짜 별처럼 반짝거렸다.

준영이가 신기한 듯 입을 벌리며 감탄했다.

"정말 예쁘다! 헤헤. 내 별자리도 찾아봐야지."

"네 별자리? 그럼 내 별자리도 있는 건가?"

별자리 이야기가 낯설지 않았지만 무슨 말인지 도통 이해

되질 않았다. 준영이가 나를 보며 말했다.

"난 쌍둥이자리야. 너는 무슨 자린지 몰라?"

"뭐, 쌍둥이자리? 너 쌍둥이 아니잖아?"

그 순간 박민우가 불쑥 끼어들었다.

"쳇, 쌍둥이가 그 쌍둥이인 줄 아냐? 이건 별자리 이름이야. 자기가 태어난 생일로 정하는 거라고. 어제는 혼자서 줄줄 읊더니 도로 무식해졌냐?"

"그만 좀 끼어들어. 누가 너한테 물어봤어?"

박민우랑 입씨름하는 동안
준영이가 다른 자리로 가 버렸다.
멀어져 가는 준영이를 바라보는데 옆
에 있던 수아가 말을 걸었다.

"그러게. 며칠 새 갑자기 똑똑해져서 수
상했지 뭐야? 이제야 진짜 민혜, 원래 모습
같네. 흐흐."

"뭐라고?"

화가 나서 소리쳤지만 더 이상 따질 수가 없었다. 윤지와
수아는 갑자기 입을 다문 나를 의아한 듯 쳐다보았다. 주변
아이들도 수군거렸다. 준영이는 이런 상황을 외면하고 싶은
지 내내 멀리 떨어져 있었다.

천문대 밖으로 나오니 정상에서 강이 내려다보였다. 아이
들이 '야호'를 외쳐 댔다. 그때 누군가 돌을 집어던졌다. 선
생님이 말릴 새도 없이 아이들이 너도나도 나뭇가지나 돌멩
이를 주워 던졌다.

"이민혜! 이거 봐라."

그때 박민우가 호주머니에서 머리빗을 꺼내 들더니 멀리

던졌다. 사라졌던 내 머리빗이었다!

"으악!"

너무 놀라 소리를 질러 댔다. 가슴이 벌렁벌렁 뛰었다. 눈앞에서 머리빗이 사라져 버렸다. 내가 지른 비명 소리에 아이들이 놀랐는지 우르르 몰려들었다. 반장이 선생님한테 이 상황을 일러바쳤다.

"선생님, 박민우가 민혜 머리빗 던졌어요!"

눈물이 펑펑 쏟아졌다. 엉엉 울고 있는데 선생님이 다가왔다. 예쁜 걸로 새로 사면 된다며 나를 달래 주었다. 그러고는 민우를 따끔하게 혼내며 내게 사과하라고 했다.

"미…… 안…… 해."

박민우가 느릿느릿 말했다. 머리빗이 사라진 마당에 이 깟 사과가 무슨 소용이람. 결국 엄마가 걱정하던 일이 벌어지고 말았다. 내가 아무런 대꾸도 하지 않자 박민우가 당황해하며 나를 쳐다보았다. 나는 그런 박민우를 무시하고 돌아섰다. 겨우 눈물을 훔치며 버스가 있는 곳으로 걸어갔다. 멀리서 윤지와 수아가 쑥덕이는가 싶더니 내 쪽이 아닌 다른 곳으로 가 버렸다.

내가 아까 소리를 질렀다고 저러나?

모두들 나를 두고 가 버리자 다시 외톨이가 된 것 같았다.
모든 게 엉망진창이 되어 버렸다.

집으로 돌아가는 내내 우울한 눈빛으로 창밖만 쳐다보았
다. 버스에서 내려 집을 향해 힘없이 걸었다. 그때 박민우가
뒤쫓아 오며 나를 불렀다.

"이민혜!"

뒤돌아보자 민우가 내게 다가오며 손을 내밀었다.

"아깐 정말 미안해."

박민우 손에 머리빗이 놓여 있었다. 어떻게 된 일이지? 기
막힌 얼굴로 빗을 내려다보는데 박민우가 웅얼거렸다.

"네가 오준영한테 잘 보이려고 자꾸 빗어 대니까 샘이 나
서⋯⋯. 사실 아까 던지는 시늉만 한 거야. 정말 미안해."

빗을 받아 들자 박민우는 도망치듯 후다닥 뛰어갔다. 박민
우가 무슨 말을 하는 건지 모르겠다. 머릿속이 뒤죽박죽 엉
켜 버렸다. 빗을 찾았지만 반갑기는커녕 착잡하기만 했다.

엄마가 아파트 정문에 마중 나와 있었다. 기운 없이 걷는
데 마침 준영이에게 문자가 왔다.

 그만 사귀자. 학원 때문에 바빠.

실망스러운 문자에 가슴이 답답해졌다. 문자를 쓱 지워 버
렸다.

집에 들어가서 가방을 정리하고 책상 서랍을 열었다. 전에
낙서를 했던 편지지가 보였다.

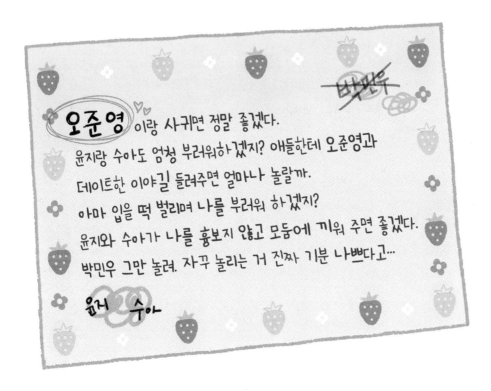

오준영♡이랑 사귀면 정말 좋겠다. ~~박민우~~

윤지랑 수아도 엄청 부러워하겠지? 애들한테 오준영과

데이트한 이야길 들려주면 얼마나 놀랄까.

아마 입을 떡 벌리며 나를 부러워 하겠지?

윤지와 수아가 나를 흉보지 않고 모둠에 끼워 주면 좋겠다.

박민우 그만 놀려. 자꾸 놀리는 거 진짜 기분 나쁘다고…

윤지 수아

글을 읽다가 문득 내가 애들한테 차갑게 대했던 게 떠올랐다. 윤지와 수아가 왜 나를 두고 먼저 가 버렸는지 이제야 알 것 같았다. 대체 왜 그렇게 쌀쌀맞게 행동했을까? 평소 나답지 않게 친구들을 소홀히 대했던 일들이 주르륵 머릿속을 스쳐 지나갔다. 그동안 으스대고 무심했던 것이 빗의 부작용일까?

다시 나의 자리로

낙서를 보다가 깜박 잠이 들었던 모양이다. 엄마가 깨우는 소리에 눈을 떴다.

"민혜야, 그만 일어나야지! 아빠가 진짜 큰 곰 인형을 보냈어. 너보다 더 클지도 몰라."

"정말?"

"하나도 안 기뻐하는 목소린데?"

"미국으로 오라는 거 아니지?"

떨떠름한 내 반응에 엄마가 눈썹을 치켜올리며 나를 물끄

러미 바라보았다. 엄마를 보자 눌러 둔 의문들이 떠올랐다. 생각이 꼬리를 물고 이어지자 머리가 지끈거렸다.

"민혜, 너 수상하네? 혹시 수련회에서 무슨 일 있었니?"

"빗을 잃어버렸어."

엄마가 벙찐 얼굴로 나를 쳐다보았다. 내가 가방에서 빗을 꺼내는 걸 보았기 때문이다. 무슨 소리인지 계속 말하라는 듯 엄마가 턱을 까닥였다.

"누가 훔쳐 갔다가 돌려줬어. 그런데 그게 문제가 아니야. 퀴즈 대회에 반 대표로 나갔다가 열두 시간이 지나 버려서 창피를 당했어⋯⋯."

"그래서 아이들이 놀린 거야?"

나는 말없이 고개만 끄덕였다. 엄마가 재촉하듯 물었다.

"일등 못해서 기분이 우울해진 거야?"

"일등 못해서 속상한 건 맞는데. 그것보다 애들이 갑자기 똑똑해진 나를 믿지 못하더라고. 비법이 뭐냐고 묻고 의심스러운 눈초리로 바라보는 거야. 머리빗으로 효력이 유지될 때는 애들 말이 신경 쓰이지도 않았어. 그땐 내가 달라진지도 몰랐거든. 엄마가 말한 부작용이 이런 거야?"

"그래. 머리는 똑똑해질지 몰라도 마음이 차가워지는 게 가장 큰 부작용이야. 다른 사람들 마음은 신경 쓰이지 않고 오로지 점수나 목표에만 연연하게 돼. 그러다 보니 소중한 사람들이 하나둘 주위에서 떠나게 되고 결국 혼자 남게 되지. 엄만 네가 외톨이가 될까 봐 걱정했던 거야."

"머리빗을 잃어버려서 사용하지 못하니까, 마음을 가리고 있던 게 사라지면서 원래의 나로 돌아오더라고. 그런데 그때부터 뭔가 도둑질한 것처럼 마음이 불편하고 친구들한테 그동안 쌀쌀맞게 굴고 잘못한 일들이 자꾸만 떠올라서 마음이 불편했어."

엄마는 몹시 피곤하고 복잡해 보이는 표정이었지만, 담담한 목소리로 말을 이었다.

"후유, 그랬구나. 엄마는 오랫동안 친구가 없었어. 엄마가 그
동안 다른 사람에게 얼마나 상처를 주었는지 나중에야 알게
됐거든. 그래서 너만은 친구들과 사이좋게 지내길 바란 거야.
엄마는 노력 없이 얻으려 해서 대가를 치렀지만, 넌 그런 일을
겪지 않길 바랐어."

　엄마 이야기를 듣다 보니 친구들과 있었던 어색한 순간들
이 주르륵 떠올랐다. 화를 내거나 무신경하게 굴었던 일들
과 욕심에 눈이 멀어 얼굴을 찌푸린 순간들 말이다. 이제부
터는 나 스스로 노력해서 당당해지고 싶다. 퀴즈 대회 때 박
민우가 건넨 자료 중에서 열심히 외운 것은 끝까지 생각났
다. 그래서 머리를 빗지 않은 상태에서도 문제를 풀 수 있었
다. 그때처럼 열심히 하면 되지 않을까.

엄마가 들려주는 이야기를 진지하게 들었다.

"자꾸 욕심이 나서 머리빗을 계속 쓰게 되었지. 친구들이 힘들건 말건 눈앞의 목표만 보이고 욕심만 더 생겼어. 그러다 보니 친구들은 전부 떠나고 결국 혼자 남게 되더라. 곁에 아무도 남지 않고서야 할머니가 그만 욕심부리라던 말이 떠올랐어."

"아……."

그제야 엄마가 빗을 숨긴 이유를 온전히 이해하게 되었다. 엄마가 내 눈을 들여다보며 물었다.

"이제 어떻게 할까? 머리빗이 없어도 잘 지낼 수 있을 것 같아?"

나는 천천히 고개를 끄덕였다. 노력 없이 똑똑해지는 것도, 도둑질한 것 같은 마음도, 친구들이 주위에서 사라지는 것도 이제 전부 싫었다.

엄마와 나는 빗을 원래의 주인인 할머니에게 돌려주기로 마음먹었다.

엄마가 마지막으로 나를 위로하듯 말했다.

"민혜 너는 친구를 좋아하잖아. 엄마처럼 혼자 지내는 걸

감당하지 마. 공부는 알고자 하는 마음을 갖고 노력해야 내 것이 되는 거야."

엄마와 긴 이야기를 마치고 함께 저녁을 먹었다. 밥을 먹으며 내게 정말 소중한 것이 무엇인지 곱씹어 보았다.

'그래, 친구들 앞에서 노력한 만큼 당당해지고 싶어.'

주말이 되자, 엄마는 할머니가 계신 납골당으로 나를 데려다주었다. 나는 망설이지 않고 할머니에게 머리빗을 돌려주었다.

월요일. 교실에서 오준영이 나를 본체만체했다. 오준영을 몇 번 흘끔거리다 이내 마음을 다잡았다. 오준영은 내가 100점 맞을 때만 친구로 생각하는 건 아닐까. 내내 모른 척하는 걸 보면 내 짐작이 맞는 것 같았다. 조금 씁쓸했지만 또 한편으로는 홀가분했다. 내가 잘했을 때만 곁에 있는 친구는 진정한 친구가 아니라는 것쯤은 나도 안다.

수업 시간이 되었다. 며칠 전만 해도 머릿속에 쏙쏙 박히던 수업이 이제는 예전처럼 지루하고 따분하기만 했다. 수학 단원 평가에서는 20점을 맞았다. 박민우가 웬일로 놀리지 않고 조용히 넘어갔다. 수아가 무슨 말인가 하려고 일어서는 걸 윤지가 알아채고 팔을 잡아당기며 말렸다. 그러고는 나를 향해 눈을 찡긋했다.

점심시간, 급식을 먹고 교실로 들어오는데 윤지가 웬 쪽지를 내게 주었다.

"박민우가 너한테 전해 달래."

눈이 휘둥그레진 채로 부랴부랴 쪽지를 펴 보았다.

> 사실은 널 좋아하는데…….
> 나도 모르게 자꾸 놀렸어.
> 그동안 미안했어!
> 앞으로는 안 그럴게.

봉투에는 예쁜 머리빗도 함께 들어 있었다. 교실로 들어오던 박민우가 나와 눈이 마주치자 후다닥 복도로 도망쳤다. 박민우가 이런 편지를 쓰다니, 정말 놀라웠다.

수업 종소리가 울렸다. 잔뜩 궁금한 얼굴로 옆에 서 있던 윤지가 자기 자리로 돌아갔다.

국어 시간, 박민우가 옆에 앉아 있는데 가슴이 콩콩대며 자꾸 신경 쓰였다. 박민우가 나를 쳐다볼 때마다 기분이 좋았다. 그동안 몰랐는데 나한테 관심이 있어서 쳐다본 거라고 윤지가 귀띔해 주었다. 내가 마주 보자 박민우 얼굴이 귀밑까지 벌게졌다. 그 모습이 조금 귀여웠다.

수업이 끝나자마자 박민우가 도망치듯 뛰쳐나갔다. 가방을 메며 문 쪽을 쳐다보니 윤지가 서 있었다. 윤지에게 다가가 말을 거는데 왠지 모르게 심장이 떨렸다.

"혹시 나 기다린 거야?"

"응. 수련회에서 돌아오던 날, 혼자 둬서 미안해."

"아냐. 나도 매번 쏘아붙였잖아. 나도 사과할게."

윤지가 나에게 손을 내밀며 웃어 주었다. 그런 윤지가 고마웠다. 학교 앞까지 윤지랑 팔짱을 끼고 걷는데 윤지가 초콜릿을 내밀었다. 달콤한 초콜릿을 먹으니 우울했던 마음이 간질간질해지며 기분이 좋아졌다. 윤지도 우물거리며 나를 향해 생긋 웃었다.

집에 갔더니 어쩐 일로 엄마가 벌써 집에 와 있었다. 내가 놀란 얼굴로 쳐다보자 엄마가 웃으며 말했다.

"엄마랑 저녁 먹고 산책 가자. 공원에서 장미 축제 한다더라."

"정말?"

늘 피곤해하던 엄마였는데. 달라진 모습에 눈이 동그래졌다.

저녁을 먹은 뒤에 엄마와 산책을 나갔다. 아파트 울타리에 활짝 핀 장미꽃 향기가 코끝을 간지럽혔다. 엄마에게 슬그머니 20점 받은 이야기를 꺼냈다. 엄마가 따스한 표정으로 조용히 말했다.

"그동안 엄마가 우리 딸한테 너무 무심했던 것 같아서 오늘은 조금 일찍 퇴근했어. 공부를 열심히 하는 것도 연습이 필요한데 말이야. 그런데 요 며칠 책을 열심히 읽던데? 당장은 공부보다는 먼저 관심이 가는 책부터 읽어 보면 어떨까? 아직 어리고 시간이 많으니까 천천히 좋아하는 걸 찾아보자."

"알았어. 사실 전에는 책이 그저 따분하기만 했는데, 관심을 가지고 읽다 보니 꽤 재미있더라고."

빗 덕분이지만 며칠 동안 책을 읽으면서 생각보다 잘 읽히

고 재미도 있다는 걸 알았다. 엄마 말대로 노력하면 지금보

다 나아질 것이다.

집에 가는 길에 민우에게 연락했다.

 내일 도서관에 갈 건데 같이 갈래?

 좋아!♡

민우가 하트와 함께 답장을 보내왔다. 마음이 살랑살랑 간

지럽고 픽 웃음이 났다.

다음 날, 민우를 만나려고 현관을 나서는데 엄마가 따라

나오며 말했다.

"도서관 데이트네? 잘 만나고 와."

부끄러워 얼굴이 살짝 달아올랐다. 엄마에게 손을 흔들고

밖으로 나왔다. 어디선가 솔솔 봄바람이 불어왔다. 저만치

아파트 쪽문에서 민우가 나를 향해 손을 흔들었다.